RECHERCHES

SUR LA RECENSION DU TEXTE POSTHUME

DES

ESSAIS DE MONTAIGNE

PAR

REINHOLD DEZEIMERIS

BORDEAUX

G. GOUNOUILHOU, IMPRIMEUR DE L'ACADÉMIE

11, RUE GUIRAUDE, 11

—

1866

Z

OUVRAGES ET PUBLICATIONS DU MÊME AUTEUR.

Notice sur Pierre de Brach. Paris, 1858, 1 vol. in-8°.

Recherches sur l'auteur des Épitaphes de Montaigne, étude sur la philologie grecque et latine à Bordeaux, au XVIe siècle. Paris, 1861, 1 vol. in-8°.

Œuvres poétiques de Pierre de Brach, recueillies et accompagnées d'un commentaire philologique, d'un glossaire, etc. Paris, 1861-1862, 2 vol. in-4°.

Les Macarienes, poème en vers gascons (1763), édition nouvelle corrigée et annotée. Paris, 1862, 1 vol. in-12

De la renaissance des lettres à Bordeaux, au XVIe siècle, 1 vol. in-8°. (Extrait des *Actes de l'Académie de Bordeaux*.) Bordeaux, 1864.

SOUS PRESSE :

Remarques et corrections d'Estienne de La Boëtie sur le traité de Plutarque intitulé Ἐρωτικός, avec une introduction et des notes.

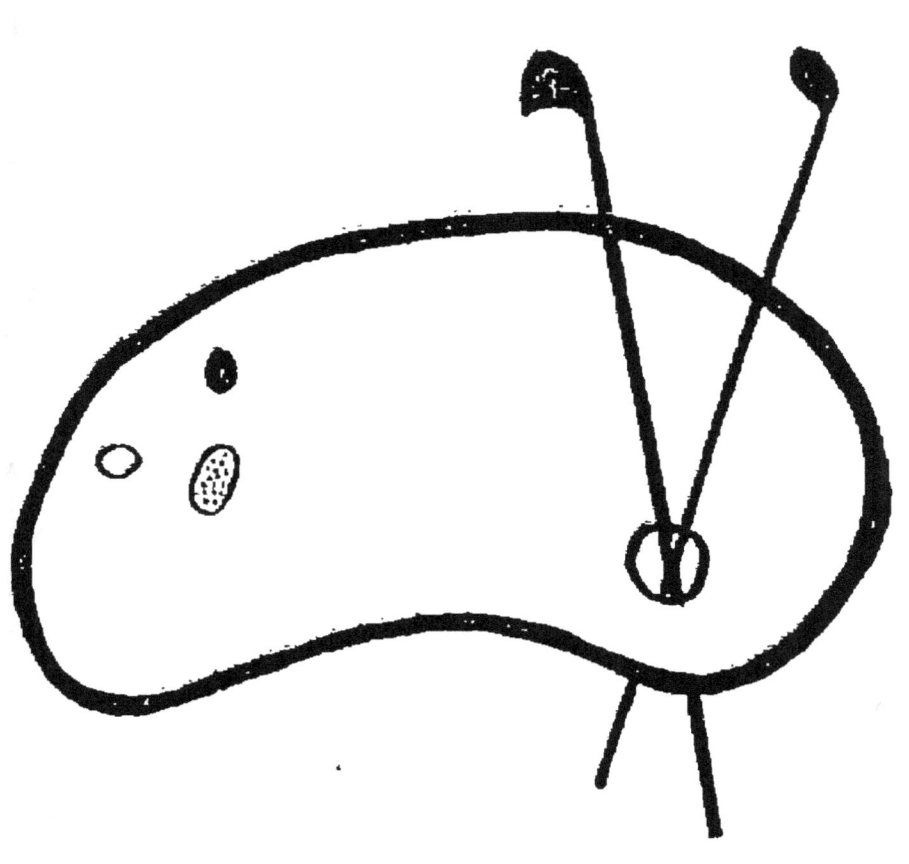

FIN D'UNE SERIE DE DOCUMENTS
EN COULEUR

47087

82

RECHERCHES

SUR LA RECENSION DU TEXTE POSTHUME

DES

ESSAIS DE MONTAIGNE

(Extrait des Actes de l'Académie impériale des Sciences, Belles-Lettres et Arts de Bordeaux. — 3e trimestre 1866.)

RECHERCHES

SUR LA RECENSION DU TEXTE POSTHUME

DES

ESSAIS DE MONTAIGNE

PAR

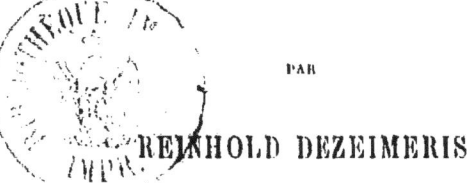

REINHOLD DEZEIMERIS

BORDEAUX

G. GOUNOUILHOU, IMPRIMEUR DE L'ACADÉMIE

11, RUE GUIRAUDE, 11

—

1866

TABLE DES MATIÈRES

RECHERCHES

SUR LA RECENSION DU TEXTE POSTHUME

DES

ESSAIS DE MONTAIGNE

I

Dans mes *Recherches sur la vie de Pierre de Brach* ([1]), j'ai parlé de l'édition posthume des *Essais,* publiée en 1595, à l'occasion de la part que de Brach dut prendre à cette édition. Les bornes de mon travail ne me permettaient pas alors d'entrer dans beaucoup de détails sur ce point intéressant de l'histoire des *Essais;* je vais, dans les pages suivantes, reprendre cette discussion d'une façon plus étendue, et rechercher successivement à qui l'on est véritablement redevable de l'édition de 1595, puis quel rapport existe entre cette édition et l'exemplaire annoté de la Bibliothèque de Bordeaux, quelle est l'autorité respective de ces deux textes, et enfin quelle doit être, à mon sens, la marche à suivre pour établir un texte bien authentique.

On sait qu'en 1588, étant à Paris, Montaigne y surveilla l'impression de son ouvrage augmenté d'un troisième livre. Cette édition in-4°, de chez l'Angelier, est la dernière publiée du vivant de l'auteur, et doit, à ce titre, conserver une impor-

---

([1]) Pages LXXIV et suiv. du tome II de mon édition de ses *Œuvres poétiques.* Paris, 1862.

tance considérable, car elle nous donne le dernier texte dont Montaigne ait arrêté la rédaction d'une manière définitive.

Quatre ans après cette publication, Montaigne mourut, et, environ deux ans après sa mort, on vit paraître à Paris, dans le format in-folio, une édition nouvelle des *Essais,* dont le titre était ainsi conçu : « Edition nouvelle, trouvée apres le deceds » de l'autheur, reveüe et augmentée par luy d'un tiers plus » qu'aux précédentes impressions. » Dans une longue préface qu'elle y avait ajoutée, Mlle de Gournay disait que Mme de Montaigne lui avait envoyé les derniers écrits de Montaigne pour les mettre au jour, et qu'elle les avait fait imprimer avec une exactitude scrupuleuse.

Cette édition et celle que Mlle de Gournay soigna quarante ans plus tard, en 1635, servirent de type à toutes celles qui furent publiées jusqu'en 1802. A cette époque, Naigeon, par l'intermédiaire de François de Neufchâteau, ayant eu connaissance de l'exemplaire annoté qui se trouvait à la Bibliothèque des Feuillants de Bordeaux, n'hésita pas à y voir le texte destiné par l'auteur à une impression nouvelle, et, le trouvant plus authentique que celui de l'édition de 1595, il le prit pour base de celle qu'il donna au public en 1802.

Depuis, les seules éditions de Desoer (de l'Aulnaye) et d'Amaury Duval ont reproduit le texte donné par Naigeon.

MM. Éloi Johanneau, J. Victor Le Clerc et Louandre sont revenus au texte de 1595, en y introduisant l'orthographe de l'édition de 1802, qu'ils ont cru être celle de Montaigne, et qui est tout simplement celle de Naigeon.

II

Quelles sont les raisons que l'on a fait valoir pour repousser le texte fourni par l'exemplaire de la Bibliothèque de Bordeaux ?

M. Droz d'abord, dans une note de son *Éloge de Montaigne,* disait : « On sait que Montaigne laissa deux *ou trois*
» exemplaires raturés : sa famille s'est-elle trompée sur la
» manière de remplir ses intentions? Cela semble difficile à
» croire, surtout *en songeant que Mlle de Gournay a connu*
» *ces différents exemplaires,* et qu'elle portait une vénération
» presque religieuse à la mémoire de Montaigne. Il n'est pas
» impossible cependant qu'une erreur ait été commise. Pour
» *décider la question,* il faut examiner *sous le rapport litté-*
» *raire* les éditions de 1635 (M. Droz préfère cette édition à
» celle de 1595) et de 1802. C'est aux hommes de lettres à
» comparer les phrases qui se trouvent différentes dans les
» deux éditions, et *à juger* quelle est la dernière version de
» l'auteur. »

M. Droz et, après lui, M. Johanneau font en effet quelques
rapprochements de passages correspondants, et, de cette
comparaison, il leur paraît résulter que le texte de 1595
l'emporte sur celui de 1802 par un style plus précis et plus
hardi. M. Johanneau, tout en avouant cependant que, parfois
aussi, la supériorité se rencontre dans le texte de 1802,
n'hésite pas à affirmer que, selon lui, « le *manuscrit* publié
» par Mlle de Gournay est *postérieur* aux annotations écrites
» par Montaigne sur l'exemplaire de l'édition de 1588 que
» M. Naigeon a suivi. En effet, ajoute-t-il à l'instar de
» M. Droz, *ayant eu à sa disposition tous les manuscrits de*
» *Montaigne qui lui furent remis* par sa veuve, Mlle de
» Gournay n'a pu ignorer l'existence de l'exemplaire corrigé
» et donné par l'auteur aux Feuillants de Bordeaux; en
» outre, la vénération presque religieuse qu'elle eut toujours
» pour la personne et les écrits de son père adoptif est un
» sûr garant qu'elle n'a dû rien négliger en remplissant le
» *devoir d'éditeur dont elle s'était chargée;* et l'on est fondé
» à croire que, puisqu'elle *n'a pas fait usage de l'exemplaire*

» *dont M. Naigeon s'est servi,* c'est que ce n'était pas celui
» sur lequel Montaigne avait fait ses dernières corrections et
» augmentations. »

Toute cette argumentation reposant sur des assertions
inexactes, il est facile de la réfuter ; mais, avant de le faire,
continuons à relever les opinions émises par les derniers
éditeurs.

Après Éloi Johanneau, le premier que nous rencontrons est
le très savant et très regretté J. Victor Le Clerc. Il dit dans
l'avant-propos de son édition : « Mlle de Gournay fit paraître
» l'édition de 1595 *à son retour de Guienne,* où elle était
» allée consoler la veuve et la fille de Montaigne, qui lui
» *remirent* les *Essais* tels que l'auteur les préparait depuis
» quatre ans pour une nouvelle édition. » M. Le Clerc, comme
Droz et Johanneau, préfère le texte de 1595 à celui de l'exemplaire de Bordeaux, et il qualifie celui-ci de *« copie évidem-*
» *ment abandonnée par l'auteur. »*

M. Louandre partage de tout point l'avis émis par M. Victor Le Clerc ; il reproduit et précise une de ses assertions par
ce petit récit (¹) : « A la nouvelle de la mort de l'auteur des
» *Essais,* Mlle de Gournay *s'empressa de se rendre en Guyenne*
» *avec sa mère* (²), pour porter des consolations à la veuve
» et à la fille de son « père d'alliance. » Mme de Montaigne
» *lui remit* dans ce voyage un exemplaire augmenté et
» corrigé des *Essais,* et c'est sur cet exemplaire que Marie de
» Gournay donna en 1595 la première édition complète de
» ce livre immortel. » M. Louandre ajoute (³) : « Hommes
» du xixe siècle, nous ne devons point avoir la ridicule pré-
» tention d'en savoir plus sur la langue et l'esprit du xvie siè-

(¹) Page xxviii.
(²) Où M. Louandre a-t-il trouvé cela ? La mère de Mlle de Gournay
était morte en 1591, si je ne me trompe.
(³) Page iii.

» cle que les enfants de cette grande époque déjà si loin de
» nous, ou de connaître la pensée définitive de Montaigne
» mieux que sa fille d'alliance. » Malgré cette petite admo-
nestation du dernier éditeur, et sans prétendre en aucune
façon en savoir aussi long que Mlle de Gournay sur le XVIe siècle et sur Montaigne, je crois que tout n'est pas dit sur le
texte des *Essais* et son histoire; je crois de plus qu'une
bonne partie de ce qu'on en a dit n'est pas exact.

III

Ainsi, des passages que je viens de citer de MM. Louandre, Le Clerc, Johanneau, passages auxquels je pourrais
joindre trois ou quatre pages de M. L. Feugère (¹), il résulte
que Mlle de Gournay vint en Guyenne aussitôt après la mort
de Montaigne, et qu'on mit alors sous ses yeux toutes les
additions et corrections manuscrites du philosophe sur le
texte des *Essais*. Ces deux assertions sont absolument erro-
nées, et j'espère prouver d'une manière irréfutable que Mlle de
Gournay n'est pas venue en Guyenne avant la publication de
l'édition de 1595; qu'elle n'a pas collationné elle-même les
diverses additions manuscrites laissées par Montaigne, et
que, par conséquent, sa mission s'est bornée à surveiller
l'impression pure et simple de l'exemplaire qu'on lui avait
envoyé à Paris.

Mlle de Gournay a placé dans le volume de ses œuvres intitulé *Advis ou Presents* une notice sur sa vie. Il est dit dans
cette autobiographie (p. 994, éd. de 1641) : « *Un an et*
» *demy* après la mort de Montaigne [arrivée le 13 septem-
» bre 1592], la veufve et la fille unique de ce grand homme
» envoyerent les *Essais* à Mlle de Gournay, lors retirée à Paris,

(¹) *Les Femmes poètes au XVIe siècle*, p. 140 et suiv.

» *pour les faire imprimer*, la priant de les aller voir *après*,
» affin de prendre entiere et mutuelle possession de l'amitié
» dont le deffunct les avoit liées les unes aux autres; *ce*
» *qu'elle fiet, et demeura quinze mois avec elles.* » Il ressort
évidemment de là que Mlle de Gournay ne se rendit chez
Mme de Montaigne qu'après la publication de l'édition de 1595.
Si cependant cette affirmation de la fille d'alliance du moraliste ne paraissait pas suffisamment explicite, on pourrait,
par un simple raisonnement, prouver qu'elle n'est venue en
Guyenne qu'en 1595, et le livre étant imprimé.

En effet, si, comme tous les biographes l'ont dit et répété
jusqu'ici ([1]), Mlle de Gournay s'était rendue en Guyenne aussitôt
après avoir reçu la nouvelle de la mort de Montaigne, comme
elle n'apprit cette nouvelle qu'après avril, et probablement
en mai 1593 ([2]), et comme elle séjourna quinze mois en
Guyenne, il s'en suivrait qu'en mars 1594 elle aurait été à
Bordeaux ou à Montaigne, tandis qu'elle nous dit elle-même,
comme on l'a vu plus haut, qu'elle était alors à Paris (un an
et demi après la mort de Montaigne). Elle était encore à
Paris à la fin de 1594, cela est dit expressément dans sa
Préface de 1595. On voit qu'entre ces dates il est impossible de placer un séjour de quinze mois dans le Midi.
D'ailleurs, il y a une remarque à faire qui est décisive.
Mlle de Gournay dit, dans sa *Vie* et ailleurs, qu'on lui envoya
à Paris l'exemplaire corrigé des *Essais*, un an et demi après
la mort de l'auteur; si elle était allée à Montaigne avant cette

([1]) Voir, par exemple, l'étude de M. Feugère, p. 140 et suiv. de ses
Femmes poètes du XVIe siècle. Il m'en coûte de le dire, mais dans ces
pages d'un savant estimable et justement regretté, il y a plus d'imagination que d'exactitude.

([2]) Elle était alors à Cambray. (Voir la lettre écrite par Marie de
Gournay à Juste-Lipse, en date du 25 avril 1593, publiée par M. le
Dr Payen dans le *Bulletin du Bibliophile*, xve série, et la réponse de
J. Lipse du 24 mai suivant, *Cent. ad Belgas*, I, 15.)

époque, elle ~urait emporté elle-même ce volume, et on ne
le lui a~ait pas envoyé. Enfin, autre remarque plus décisive
encore, on lit dans la Préface de 1595 : « Il [Montaigne] est
» mort à 59 ans, l'an 1592, d'une fin si fa~   ~ en tous les
» pointz de sa perfection, qu'il n'est pas   ~ que je le
» public davantage. Bien en publicray-je, si l'entendement
» me dure, les circonstances particulieres, *alors que je le*
» *sçauray fort exactement par la bouche de ceux mesmes*
» *qui les ont recueillies.* » Cela prouve bien que, lorsque
Mlle de Gournay écrivait cette préface, elle n'avait pas encore
vu les dames de Montaigne, mais qu'elle avait dès lors la
pensée de les aller voir.

D'un autre côté, l'époque exacte du séjour de Marie de
Gournay à Montaigne est parfaitement fixée par les dates des
lettres récemment publiées par M. le Dr Payen. Deux de ces
lettres sont datées de Montaigne, l'une est du 2 mai, l'autre
du 15 novembre 1596 (¹). Je crois de plus pouvoir affirmer
que Mlle de Gournay était à Bordeaux dès les derniers mois de
1595, car elle donna à Florimont de Raemond, pour le
Tombeau de Sponde, publié alors par lui dans cette ville,
une inscription française de sa façon. Il n'y a que la présence
à Bordeaux de la *Fille d'alliance de Montaigne* qui puisse
expliquer l'insertion de ces quelques lignes de prose dans un
recueil tout composé de vers latins, grecs et français. Certainement, si elle avait été alors à Paris, on n'aurait pas songé
précisément à elle pour avoir une pièce de ce genre. De la
fin de 1595 au commencement de 1597, voilà bien le séjour
de quinze mois auprès de la famille de l'illustre défunt. On
voit que tous ces faits concordent minutieusement avec les

(¹) Comme dans cette dernière lettre elle dit à J. Lipse qu'il peut lui
répondre à Montaigne, il faut conclure de là, vu la lenteur des
communications, qu'elle pensait y demeurer au moins jusqu'à la fin
de l'année.

termes mêmes de la *Vie de Mlle de Gournay*, rapportés plus haut, et qu'il est surabondamment prouvé qu'elle ne vint en Guyenne qu'après la publication de l'édition de 1595.

IV

Il résulte de tout cela que, n'étant pas venue à Montaigne ou à Bordeaux avant 1595, Mlle de Gournay n'a pu voir elle-même, avant la publication de l'édition in-f°, l'exemplaire annoté conservé dans la maison du moraliste, et que, par conséquent, elle n'a eu à sa disposition pour l'impression que le seul exemplaire corrigé qui lui fut envoyé à Paris par la famille. C'est ce que confirment, d'ailleurs, deux passages de sa grande Préface : dans l'un, parlant du dépôt confié à ses soins, elle dit : « *Cette copie* avait tant de difficultés, etc.; » dans l'autre, après avoir protesté de son exactitude, elle ajoute : « Je pourrois appeler à tesmoing *une autre copie qui reste en la maison de Montaigne.* »

On me dira peut-être que cette phrase : « une autre copie qui reste en la maison de Montaigne » n'implique pas rigoureusement que cet exemplaire ne lui ait pas été envoyé aussi, et que cela pourrait signifier que cet exemplaire-là avait été rendu à la famille après l'impression, et devait rester dans la maison de l'auteur, tandis que Mlle de Gournay gardait pour elle l'autre exemplaire.

A cela je réponds par les remarques suivantes :

1° Si Mlle de Gournay avait eu sous les yeux l'exemplaire de la famille, elle n'aurait pas pu dire dans l'édition de 1598 que, lors de l'impression de 1595, la Préface modifiée de Montaigne s'était égarée; elle l'aurait fait imprimer dès 1595, comme elle l'a fait plus tard, à son retour de Guyenne, conformément à cet exemplaire. Cette nouvelle rédaction de la Préface, de même que l'épigraphe *Viresque acquirit eundo,*

additions propres à l'exemplaire de Bordeaux, n'avaient point
été reportées sur l'exemplaire envoyé à Paris, ou avaient été
copiées sur des feuilles volantes qui se seront perdues : de
là l'omission ultérieurement réparée.

2° Si l'on avait envoyé à Marie de Gournay, non pas un
exemplaire tout préparé pour l'impression, mais tous les manuscrits de l'auteur, pour les collationner, ce travail lui aurait
nécessairement coûté un temps considérable, car il y avait
environ un tiers du livre en additions manuscrites. Or,
Mⁿᵉ de Gournay dit avoir reçu l'envoi de Mᵐᵉ de Montaigne en
mars 1594 (voyez ci-dessus); et dans une lettre à Juste-
Lipse, publiée par M. Payen (¹), elle constate avoir employé
l'été (²) à cette impression, qui était terminée avant la fin de
1594. Qui pourrait croire qu'en un si court espace de temps
on ait pu établir le texte d'un ouvrage aussi considérable et
en achever l'impression?

3° Enfin, si Mⁿᵉ de Gournay avait vu la copie de Bordeaux,
elle se serait bien gardée de « l'appeler à tesmoing » de l'exactitude du texte imprimé par ses soins. En effet, si l'on admet-
tait que l'exemplaire envoyé à la fille d'alliance de Montaigne
fût semblable à celui que nous connaissons, rien ne serait
plus infidèle que l'édition de 1595. On lui envoya une copie
formée avec les additions de divers exemplaires; et, comme
la source la plus considérable de ces additions était l'exem-

(¹) *Bulletin du Bibliophile*, loc. cit.

(² Elle s'exprime de façon à faire croire que c'est l'été de 1595;
mais c'est une erreur de plume ou une inadvertance. A la fin de la
préface de l'édition in-folio, on lit : « Ceste impression, laquelle je fais
achever en l'an mil cinq cens nonante et quatre, à Paris, etc. » Il ne
peut ici y avoir d'erreur, car c'est l'équivalent de *l'achevé d'imprimer*
qui suit d'ordinaire les priviléges, et l'Angelier n'aurait pas laissé
échapper une pareille inexactitude, qui aurait eu pour résultat de
modifier d'un an la durée du privilége de dix ans qu'on lui avait
accordé pour l'impression des *Essais*. Sa dernière réimpression est
bien en effet de 1604.

plaire conservé par la famille, on lui en parla comme de
l'exemplaire fondamental. Renseignée uniquement par des
lettres qui ne pouvaient pas tout dire, elle crut que cet
exemplaire était absolument complet, et identique à celui
qu'on lui avait confié. De là son assertion, qui est une erreur,
comme elle paraît l'avoir constaté elle-même, plus tard, en
supprimant cette phrase de sa Préface dans les éditions
postérieures.

Il est donc évident qu'il faut prendre à la lettre la déclara-
tion de Mlle de Gournay rapportée plus haut. Une copie (¹),
une seule copie, lui fut envoyée à Paris; tandis que l'autre,
la plus authentique, puisqu'elle l'appelle à témoin (²), resta
dans la maison de Montaigne. C'est ce dernier exemplaire
qui appartient actuellement à la bibliothèque de Bordeaux.
Il renferme la plus grande partie des additions de l'auteur
qui furent publiées pour la première fois en 1595. Comment
Mlle de Gournay, qui n'a pas vu le précieux volume avant
cette publication, a-t-elle pu faire imprimer la plus grande
partie des additions qu'il contient? Qui donc s'est chargé
d'en faire la recension? Mlle de Gournay elle-même va nous
le dire tout à l'heure.

V

Aussitôt après la mort du moraliste, Mme de Montaigne, et
nous lui devons pour cela de sérieux éloges, s'inquiéta de
tout ce qui pouvait contribuer à honorer la mémoire de son

(¹) Nous dirons plus loin quelle devait être la nature de cette copie.
(²) Remarquons bien que si l'exemplaire confié à Mlle de Gournay
avait été entièrement autographe, c'eût été cet exemplaire-là qu'elle
aurait indiqué comme garant de son exactitude. Elle pouvait le dépo-
ser à la bibliothèque du roi, le montrer à tous les lettrés de Paris,
tandis qu'il était difficile à ceux-ci d'aller consulter l'autre exemplaire
dans la maison de Montaigne.

mari et accroître encore sa célébrité. Nous la voyons acqué-
rir des religieux Feuillants de Bordeaux (¹) un droit de
sépulture dans leur église, et y faire construire à grands
frais un superbe mausolée, pour lequel Pierre de Brach, ami
du défunt, est chargé de demander à Juste-Lipse une inscription latine (²); nous la voyons surtout veiller à la con-
servation des manuscrits du grand écrivain, et M¹ˡᵉ de
Gournay, renseignée sans doute par un tiers sur ces détails,
nous dit dans sa grande Préface : « Il n'a point tenu à la
» diligente recherche de Mᵐᵉ de Montaigne qu'elle n'ait trouvé
» les lettres du sieur d'Ossat parmy les papiers du deffunct,
» quand elle m'envoya ces derniers escripts pour les mettre
» au jour. Elle a tout son pays pour tesmoing d'avoir rendu
» les offices d'une tres ardente amour conjugale à la mémoire
» de son mary, sans espargner travaux ny despence; mais
» je puis tesmoigner en verité pour le particulier de ce livre
» que son maistre mesme n'en eust jamais tant de soing, et
» plus considérable de ce qu'il se rencontroit (³) en saison en
» laquelle la langueur où les pleurs et les douleurs de sa
» perte l'avoient precipitée l'en eust peu justement et decem-
» ment dispenser. »

Serait-ce donc la veuve du moraliste qui aurait rempli
elle-même les premiers devoirs d'éditeur posthume des

(¹) Voyez les *Comptes-rendus de la Commission des Monuments et
Documents historiques de la Gironde*, livraison de 1854-1855, p. 20 et suiv.

(²) Voyez les lettres de P. de Brach à Juste-Lipse, dans mon édition
du poète bordelais, t. II, p. CXII. — Il ne paraît pas que Juste-Lipse ait
envoyé cette inscription, et je crois pouvoir attribuer à J. de Saint-
Martin, avocat de Bordeaux, celles qui furent gravées sur le marbre.
Voy. mes *Recherches sur l'auteur des Épitaphes de Montaigne, Lettres à
M. le Dʳ Payen*. Paris, 1861, in 8°.

(³) *Plus se comparoisse*, qui signifie : Et ce soin est d'autant plus
digne de considération, qu'il fut donné dans un moment où l'affliction
éprouvée par Mᵐᵉ de Montaigne aurait pu l'en dispenser aux yeux du
public.

Essais? Mais Montaigne ne la peint point comme une femme savante et philosophe, et l'on est naturellement porté à se demander si elle n'a pas dû plutôt confier ce soin à quelqu'un des intimes et savants amis que son mari avait à Bordeaux. Il en fut ainsi, en effet, et c'est M⁣ˡˡᵉ de Gournay qui nous fixe à cet égard, à la fin de la Préface déjà citée (¹), écrite d'un style trop souvent obscur (²).

« Au surplus, dit-elle, la conduitte et succez de ce livre
» conferé à la miserable incorrection qu'ont encouru les
» autres qui n'ont pas esté mis sur la presse du vivant de leur
» autheur (tesmoing ceux là de Turnebus), apprendra combien
» quelque bon ange a monstré qu'il l'estimoit digne de parti-
» culiere faveur, vu mesme que non pas seulement la
» vigilance des imprimeurs, à laquelle on les remet commu-
» nement en telles occurrences, mais encore *le plus esveillé*
» *soing que les amys ayent accoustumé d'y rendre*, n'y
» pouvoit suffire; parce qu'outre la naturelle difficulté de
» correction qui se voit aux *Essais*, cette copie en avoit tant
» d'autres que ce n'estoit pas legere entreprise que la bien
» lire et garder que telle difficulté n'apportast ou quelque
» entente fauce, ou transposition, ou des obmissions (³).

(¹) C'est M. Payen qui m'a appris que de Brach était nommé dans la grande préface de M⁣ˡˡᵉ de Gournay (Cf. *Bulletin du Biblioph.*, xvᵉ série, p. 1295, note). J'ai cherché cette mention dans plusieurs éditions, et ne l'ai trouvée que dans celle de 1595. On va voir combien la communication de M. Payen m'a été précieuse : sans lui, je n'aurais probablement pas songé à rechercher dans l'édition de 1595 ce passage supprimé dans les éditions suivantes. Du reste, je crois que, jusqu'à ce jour, personne n'a compris et expliqué ce passage.

(²) Dans une lettre à Juste Lipse, publiée par M. Payen (*Bulletin du Bibliophile*, xvᵉ série, p. 1303), M⁣ˡˡᵉ de Gournay dit elle-même que cette préface est « si tenebreuse et obscure qu'on n'y peut rien entendre. » Je me permettrai donc de l'éclaircir dans les notes qui vont suivre.

(³) Il faut remarquer que M⁣ˡˡᵉ de Gournay détermine nettement dans ce passage la nature de sa mission, qui fut de surveiller l'impression et

» Somme, apres que j'ay dict qu'il *luy* falloit un bon tuteur,
» j'ose me vanter qu'il ne *luy* en falloit, pour *son* ([1]) bien,
» nul autre que moy, mon affection suppleant à mon inca-
» pacité ([2]). Que je sçay de gré au sieur de Brach de ce qu'il
» assista toujours soigneusement Mme de Montaigne au pre-
» mier soucy de *sa* fortune ([3]), intermettant pour cet exercice

non pas de collationner. Du reste, elle a toujours dit que Mme de Montaigne lui envoya les *Essais pour les faire imprimer.* On verra plus loin
quel devait être l'état de l'exemplaire qui lui fut envoyé.

([1]) Ce *son* et ces deux *luy*, trop isolés, ainsi que le *sa* qui va suivre,
se rapportent au mot *livre* placé plus haut : « la conduitte et succez
de ce livre. »

([2]) *Le soing escveillé des amys* avait recueilli et rassemblé les additions éparses laissées par Montaigne; mais *la vigilance des imprimeurs* aurait pu être insuffisante à cause des *difficultés de cette copie :*
Mlle de Gournay fut *le tuteur* affectueux qui dirigea l'exécution du livre,
qui évita les transpositions, les omissions, les fausses ententes, etc.

([3]) C'est à dire aida, prêta son secours à Mme de Montaigne dans le
premier soin (soucy, *cura*), ce soin « plus assidu que celui de l'auteur
mesme » qu'elle prenait de l'avenir de ce livre, de sa destinée future,
de sa fortune, en un mot. — Faute d'avoir lu attentivement tout ce
passage, on parait avoir jusqu'ici compris que « sa fortune » désignait
des embarras pécuniaires de Mme de Montaigne; mais cela n'est pas
soutenable. D'abord, dans tout ce passage, et jusqu'à la fin de la
préface, il n'est question que des soins donnés à l'édition; puis des
conseils, des démarches de de Brach pour des affaires litigieuses, ne
l'auraient pas obligé à abandonner momentanément la poésie, et ce
n'eût pas été, à proprement parler, un *exercice*, tandis que la collation
des additions manuscrites de Montaigne en était un, et des plus absor-
bants; puis ces *offices de bon amy* auraient été méritoires non pas *vers
un mort*, mais *vers une vivante*; puis Mlle de Gournay, qui a écrit cette
préface avant de venir en Guyenne, n'aurait pas été informée de tels
détails, et n'avait pas à en parler au public (surtout après avoir parlé
plus haut du sieur de La Brousse, le « bon frere » du défunt (celui
même qui représente Mme de Montaigne dans l'acte passé avec les
Feuillants); après avoir nommé avec éloge le sieur de Bussaguet,
cousin de Montaigne, « qui sert de bon pillier à la maison depuis
qu'elle a perdu le sien »), tandis qu'elle devait être en correspondance
avec de Brach, pour les détails relatifs à l'édition. — Il y aurait puéri-
lité à insister davantage sur ce point.

» la poesie dont il honore sa Gascongne, et ne se contentant
» pas d'emporter sur le siècle present et les passez le titre
» d'unicque mary, par la gloire qu'il preste au nom de sa
» femme deffuncte (¹), s'il n'envioit encore celuy de bon amy
» par tels offices et plus meritoires vers un mort. Au reste,
» j'ai secondé ses intentions jusques à l'extrême supersti-
» tion (²). Aussi n'eussé-je pas restivé, lorsque j'eusse jugé
» quelque chose corrigeable, de plier et prosterner toutes les
» forces de mon discours soubs ceste seule consideration que
» celuy qui le voulut ainsi estoit père et qu'il estoit Mon-
» taigne. »

Cet *office de bon amy*, cet *exercice* assidu et prolongé qui
oblige de Brach à interrompre la composition de ses propres
ouvrages, c'est évidemment la collation des changements et
additions laissés par Montaigne sur plusieurs exemplaires des
Essais, édition de 1588, et probablement aussi sur des
feuilles volantes. Ainsi, de l'aveu même de Mᵐᵉ de Gournay,
de Brach a pris une grande part à la recension posthume,
à l'établissement du texte définitif des *Essais*. Il en fut en
définitive l'éditeur au premier degré et l'éditeur soigneux.
Ce fait, si honorable pour de Brach, et confirmé d'ailleurs
par d'autres circonstances connues (³), n'avait point encore

(¹) Allusion aux vers que de Brach consacrait au souvenir de sa femme.

(²) Mᵐᵉ de Gournay s'est astreinte à suivre scrupuleusement la collation exacte faite par de Brach sur les divers exemplaires. — Remar-
quez que cette phrase n'aurait aucun sens, si l'on n'expliquait pas ce
qui précède comme je l'ai fait.

(³) Nous savons, en effet, par la lettre de de Brach à Juste Lipse
(*loc. cit.*, p. cm), que Montaigne, à son heure suprême, « disoit avoir
regret de n'avoir personne près de luy à qui il pût desployer les dernieres conceptions de son ame, » et nommait de Brach « jusques à
ses dernieres paroles. » Cette circonstance rend tout naturel le choix
que la famille fit de celui-ci pour préparer l'édition posthume. — Dans
cette même lettre (*loc. cit.*, p. LXXII), on trouve des souvenirs textuels
des *Essais* qui montrent que celui qui l'écrivait était alors tout imbu

été signalé (¹). Il modifie considérablement, on le voit, l'opinion reçue quant à la part de mérite qu'il faut attribuer à Mⁱⁱᵉ de Gournay dans l'édition posthume des *Essais;* mais on doit remarquer qu'il ne diminue en rien l'autorité de cette édition, et qu'il l'augmente, au contraire, en constatant qu'elle a été faite, pour ainsi dire, dans le cabinet de Montaigne, au milieu de tous ses papiers, et de suite après sa mort (²).

de cette lecture. Je constate, enfin, qu'à la même époque, Florimont de Ræmond (*Erreur de la Papesse Jane,* Bordeaux, 1594, p. 159) ne voyait que de Brach qui fût en mesure de faire dignement l'éloge funèbre de Montaigne.

(¹) Cela provient, sans doute, de la rareté des exemplaires où se trouvent les lignes citées plus haut. Mⁱⁱᵉ de Gournay, mécontente, et non à tort, du style de cette préface, la retrancha d'un certain nombre d'exemplaires. (Voir sa lettre à Juste Lipse du 15 novembre 1596, publiée par M. Payen, *Bulletin du Bibliophile,* loc. cit.) En supprimant cette préface, elle supprimait aussi l'hommage rendu par elle à de Brach. Quand elle publia de nouveau, en tête des *Essais,* sa préface corrigée (en 1617), elle passa sous silence la mention relative à de Brach, lequel devait être mort à cette époque. Je ne veux point insinuer qu'il y eût là un calcul perfide; j'aimerais mieux croire à une négligence de la part de Mⁱⁱᵉ de Gournay, laquelle n'attachait pas assez d'importance à cette exactitude qui est une probité littéraire. C'est ainsi qu'en 1617, dans sa préface remaniée, elle remerciait MM. Bergeron, Martinière, Machard et Bignon, qui l'avaient puissamment aidée à découvrir les sources des citations latines et grecques des *Essais,* ce que, de son propre aveu, elle n'aurait jamais pu faire sans eux. En 1635, tout en rappelant le fait, elle ne nomme plus personne, et dit que, pour ce travail, « des personnes d'honneur et doctes qu'elle a nommées autre part lui ont presté la main. » Notez que cet « autre part » renvoie à une édition qu'elle a en quelque sorte reniée. N'était-il pas plus naturel, et surtout plus équitable, de nommer dans sa préface définitive ces doctes amis aussi bien que Pierre de Brach?

(²) Le travail de révision ayant été fait à Bordeaux, on demandera peut-être pourquoi il n'y fut pas imprimé par Millanges, qui avait publié les deux premières éditions des *Essais,* et venait d'imprimer les *Commentaires* de Monluc. Ce fut tout simplement parce que l'Angelier avait obtenu, en 1588, un privilége de neuf ans, et que lui seul, jusqu'à l'expiration de ce terme, pouvait réimprimer les *Essais.*

VI

Notre conclusion sera-t-elle donc conforme à celle des derniers éditeurs, et, après avoir transporté de Mᵐᵉ de Gournay à P. de Brach l'honneur d'avoir établi le texte de 1595, dirons-nous, comme MM. Louandre, Le Clerc, Johanneau et Droz, que ce texte est le dernier mot de l'exactitude, qu'il doit être uniquement suivi, et que l'exemplaire de Bordeaux n'est qu'une copie abandonnée par l'auteur lui-même? Non, telle n'est pas notre opinion, et quelques remarques ajoutées à ce qui précède amèneront sans doute le lecteur à penser comme nous.

Réunissons d'abord les données que nous pouvons avoir sur l'état des exemplaires annotés par Montaigne.

Et d'abord l'un d'entre eux nous est parfaitement connu. Bien que misérablement mutilé par le couteau d'un relieur stupide, il existe encore, Dieu merci, et chacun de nous peut le voir. Si M. Victor Le Clerc avait eu la faculté de l'étudier avec soin et de près, en le comparant au texte de 1595, il aurait constaté que c'est là le fonds principal de ce texte même, et n'aurait jamais songé à qualifier ce volume de copie abandonnée (¹). Abandonnée, et pourquoi? lorsque nous pouvons constater qu'à peu près toutes ses additions

---

(¹) Ce regrettable savant aurait dû d'ailleurs se souvenir que Mᵉˡˡᵉ de Gournay avait désigné cet exemplaire comme le type auquel on pouvait recourir pour contrôler l'exactitude de l'imprimé; car si l'on veut soutenir que l'exemplaire de Bordeaux n'est pas celui dont parle Mᵉˡˡᵉ de Gournay, il faudra supposer que Montaigne s'était amusé sans nécessité à en faire une seconde copie semblable; et pour peu que l'exemplaire envoyé à Mᵉˡˡᵉ de Gournay eût aussi des additions autographes, on arriverait à cette conclusion forcée, que Montaigne passa les trois ou quatre dernières années de sa vie à faire le métier de copiste. C'est l'absurde.

ont été utilisées; lorsque nous voyons Montaigne y soigner les plus minimes détails, placer en tête un avis minutieux à l'imprimeur, y modifier la ponctuation, le choix des caractères, la disposition des vers, et écrire sur les marges ses additions nouvelles avec un soin calligraphique qui, certainement, devait être pour lui un effort. Qui croira jamais que celui qui a dit dans son livre (¹) : « Je redicterois plus volontiers encore autant d'*Essais* que de m'assujettir à ressuivre ceux-ci pour une puérile correction, » qui croira jamais que cet homme ait entrepris le pénible et inutile labeur de recopier, d'un bout à l'autre, ces innombrables additions sur un autre exemplaire, pour le plaisir d'y changer çà et là un mot ou une phrase. Un pareil travail était incompatible avec le caractère de Montaigne, et l'on peut affirmer qu'il ne l'a pas fait. Nous avons donc bien sûrement en mains l'exemplaire que l'auteur destinait à l'impression. Mais ce qui arrive à tous les écrivains devait arriver à Montaigne, et à lui plutôt encore qu'à tout autre : tant que son livre n'était pas sous presse, il ajoutait sans relâche quelques aperçus nouveaux, quelques citations heureuses; les marges de son exemplaire principal étaient encombrées, et le philosophe continuait parfois sur un autre (²) ce qu'il avait fait d'abord uniquement sur celui-là (³). Cela est confirmé par l'examen comparatif

(¹) *Essais*, III, 9. Lire tout ce passage.

(²) Il ne serait pas impossible d'ailleurs que l'un des exemplaires eût été au château de Montaigne, l'autre à Bordeaux, où l'auteur devait venir assez souvent.

(³) Je puis ajouter que cet exemplaire avait été, dès 1588, annoté en vue d'une édition nouvelle. J'y trouve, en effet (p. 42 verso), des additions dont le commencement est de la main de Mlle de Gournay, écrivant, sans doute, sous la dictée de Montaigne; puis l'écriture de Mlle de Gournay s'arrête au milieu d'une phrase, et celle de Montaigne continue et finit. Ces additions-là doivent être de 1588. Il en est d'autres, entièrement écrites de la main de Mlle de Gournay, qui doivent être aussi de la même date.

que l'on peut faire de l'édition de 1595. Une collation, même rapide, de son texte, conduit à constater qu'elle contient des additions provenant de deux sources :

Les unes, et ce sont de beaucoup les plus nombreuses, sont tirées de l'exemplaire de Bordeaux, que j'appellerai *exemplaire n° 1.*

Les autres, en proportion infiniment moindre, proviennent d'un exemplaire actuellement perdu ([1]), que j'appellerai *exemplaire n° 2.*

Or, voici ce qui dut se passer lors du premier travail entrepris pour établir le texte de 1595. L'exemplaire n° 2 était de beaucoup le moins chargé de notes de Montaigne ([2]). L'exemplaire n° 1 en était couvert. On ne pouvait donner à l'imprimeur cet exemplaire n° 1, d'abord parce qu'il était un souvenir précieux, ensuite parce qu'il eût été impossible d'introduire sur ses marges déjà occupées les additions de l'exemplaire n° 2, sans occasionner une grande confusion. Ni l'imprimeur, ni Mlle de Gournay n'auraient pu se tirer de ce dédale. On prit donc le parti ou de porter sur un exemplaire intact de l'édition de 1588 les additions des exemplaires annotés, ou

([1]) M. Feugère, *loc. cit.*, croit que cet exemplaire a passé plus tard dans la bibliothèque de Spanheim. Mais c'est encore une erreur. L'exemplaire possédé par Spanheim était de l'édition de 1635, et portait des corrections, non de Montaigne, ce qui était impossible, mais de Marie de Gournay. Ces corrections ont été relevées dans le *Recueil de Littérature, de Philosophie et d'Histoire*, Amsterdam, 1730, p. 38.

([2]) Il suffit, je le répète, de relever dans l'édition de 1595 les additions posthumes : on verra que la grande majorité est tirée de l'exemplaire de Bordeaux ; et une grande partie de celles qui ne s'y trouvent pas maintenant s'y trouvait jadis sur des feuillets volants qui en ont été retirés depuis. On voit sur les marges les signes de renvoi à ces notes écrites sur des papiers isolés. — L'existence du second exemplaire annoté est donc indiquée non point par les additions de l'édition de 1595 qui ne se trouvent pas actuellement dans l'exemplaire de Bordeaux, mais par les quelques passages dont la forme diffère dans ces deux sources.

bien, ce qui me semble plus probable, on choisit l'exemplaire n° 2, le moins chargé de notes de Montaigne, pour y ajouter soit sur les marges, soit sur des feuilles volantes (¹), la copie des additions qui étaient propres à l'exemplaire n° 1. C'est là évidemment le soin qui échut à Pierre de Brach.

Parfois, lorsque les deux exemplaires portaient une addition analogue (²), l'authenticité étant la même, on adopta celle que Montaigne lui-même avait écrite sur l'exemplaire qui allait servir à l'impression, et on négligea celle de l'autre exemplaire, attendu qu'à cette époque, et malgré tout le respect que l'on pouvait avoir pour l'auteur, on n'attachait pas à ces différences l'importance que nous y attachons aujourd'hui; et il ne pouvait être question alors de faire pour un contemporain ce que l'on faisait à peine pour les chefs-d'œuvre de l'antiquité, et de mettre en note les variantes non intercalées dans le texte. C'est ainsi, selon moi, qu'il faut expliquer la non utilisation d'un certain nombre d'additions que nous retrouvons dans l'exemplaire de Bordeaux.

(¹) C'est peut-être cette dernière circonstance qui explique l'omission d'un grand passage manuscrit, vers la fin du chapitre XXII du livre Ier, dans beaucoup d'exemplaires de l'édition de 1595; omission qui fut ensuite réparée à l'aide d'un carton dans quelques exemplaires. (Voir la note de M. Payen, *Bullet. du Biblioph.*, 1860.) Il serait d'ailleurs possible que l'on ne se fût aperçu de cette omission que pendant le séjour de Mlle de Gournay en Guyenne, en confrontant l'exemplaire de Bordeaux avec l'imprimé. Les omissions dans la préface de Montaigne et celle relative au titre (l'épigraphe *Viresque acquirit eundo*) furent probablement constatées à la même époque, mais ne purent être réparées qu'en 1598. — Je fais remarquer que plusieurs des feuillets volants pouvaient être écrits de la main de Montaigne. Ceux qu'il avait placés dans l'exemplaire n° 1 et qui ne s'y trouvent plus, furent probablement enlevés alors pour être placés dans l'exemplaire n° 2 qu'on envoyait à Paris.

(²) Par exemple l'épisode de Raïsciac, *Essais*, I, 2.

Le travail de collation, une fois terminé, fut adressé à Mlle de Gournay, qui le fit imprimer par l'Angelier, et apporta à la correction des épreuves un soin dont il faut lui tenir compte.

Après les remarques qui précèdent, remarques qui nous ont été suggérées non point par un effort d'imagination, mais par une étude attentive de l'exemplaire de Bordeaux et de l'édition de 1595, il est facile de se rendre compte de l'économie générale de cette édition. Que dirons-nous de son exactitude pour le détail? Nous dirons que c'est un des livres de ce genre les mieux exécutés de l'époque; mais, au risque de passer pour un insensé aux yeux de M. Louandre, nous ne craindrons pas d'affirmer que, si nous nous trouvions aujourd'hui en possession de tous les volumes annotés par l'auteur qui ont servi à établir ce texte, nous pourrions en établir un préférable, en nous conformant aux principes, je ne dirai pas de la critique, mais simplement de l'exactitude moderne. En effet, si, grâce au trésor possédé par la bibliothèque de Bordeaux, nous pouvons constater que le fond des additions de Montaigne a été fidèlement transcrit, nous pouvons constater aussi que, soit par la faute du transcripteur de Brach, soit par celle de l'imprimeur l'Angelier, soit par celle de la correctrice Mlle de Gournay, des phrases importantes ont été négligées, des erreurs, des inexactitudes ont été commises, et, parfois, la physionomie même du texte a été assez gravement altérée (¹).

(¹) Voici deux exemples pris dans le premier chapitre des *Essais*. L'édition de 1595, p. 2, porte : « Ayant eu a desdaing les larmes et les pleurs. » Montaigne a écrit : « Les larmes et les prieres. » A la même page, en bas, d'après l'édition de 1595, l'armée de Denys « marchandoit de se mutiner et mesme d'arracher Phyton d'entre les mains de ses sergeants. » Montaigne a écrit : « Estant à mesme d'arracher... » Tous les éditeurs ont copié l'édition de 1595 dans ces deux passages; Naigeon n'a corrigé que le premier.

VII

Aujourd'hui que pouvons-nous faire? Je vais m'efforcer de le dire par la déduction de ce qui précède.

Nous possédons l'exemplaire corrigé le plus important de ceux laissés par Montaigne. Le reproduire purement et simplement sans tenir compte de l'édition de 1595, ce serait se condamner à publier un texte incomplet, puisque cette édition fournit des morceaux qui ne sont pas ou ne sont plus dans ledit exemplaire. Le prendre pour base de texte, en le complétant avec l'édition de 1595, comme a fait Naigeon, ce serait encore courir le risque d'être inexact, car l'exemplaire que nous n'avons pas pourrait, si nous l'avions, modifier notre manière de procéder.

L'édition de 1595 a été faite avec soin, et elle représente pour nous les parties manuscrites dont nous n'avons pas les autographes. Son autorité est donc capitale, et je prétends que c'est avec son secours que l'on peut procurer un texte sensiblement meilleur qu'elle-même.

Voici comment il faudrait procéder pour y parvenir.

L'édition de 1595 doit être pour nous comme le canevas des *Essais :* ce canevas, il faut le ressuivre point par point, en y appliquant le tissu brillant et original de Montaigne lorsque nous avons le bonheur de le posséder :

Nam, quanquam sapor est adlata dulcis in unda,
   Gratius ex ipso fonte bibuntur aquæ :
Et magis adducto pomum decerpere ramo,
   Quam de calata sumere lance juvat.

Je m'explique : le texte de 1595 est tiré soit de l'édition de 1588, soit de l'exemplaire de Bordeaux, soit, beaucoup plus rarement, de l'exemplaire perdu. Il faut rechercher

l'identité de ces passages, et, lorsqu'elle est dûment consta-
tée, les transcrire sur les documents qui représentent la
volonté écrite de l'auteur. Tel morceau reproduit exactement,
à part quelques mots changés çà et là, le texte de 1588;
nous prendrons ce morceau dans l'édition de 1588, et sur
l'exemplaire de Bordeaux, car, grâce à ses innombrables
corrections, il représente fidèlement l'orthographe que Montaigne voulait employer. Nous aurons soin seulement d'in-
tercaler dans ce passage tout ce que l'exemplaire de Bordeaux, ou, à son défaut, l'édition de 1595 pourront nous
fournir, en fait de modifications de détail.

Tel autre morceau de l'édition de 1595 est incontestable-
ment tiré des additions manuscrites de l'exemplaire de Bordeaux, et ne diffère de l'autographe que par des changements
insignifiants. En ce cas, nous prenons l'addition même de
Montaigne, et nous mettons en variante les différences de
l'impression de 1595; car nous ne pouvons guère nous trom-
per en adoptant ce que Montaigne lui-même a écrit sur cet
exemplaire destiné par lui à l'impression, tandis que les
différences de l'édition de 1595, qui pourraient bien émaner
de Montaigne, peuvent aussi provenir d'erreurs, mauvaises
lectures, corrections inopportunes soit de de Brach, soit de
l'imprimeur, soit de Mlle de Gournay.

Enfin, lorsque le texte de 1595 nous présente un passage
qui ne se trouve ni dans l'édition de 1588, ni dans l'exemplaire de Bordeaux, il faut copier scrupuleusement le texte
de 1595 (¹), et, en le faisant, on courra peu de risque de
s'éloigner de la vraie pensée de l'auteur, car il est très

(¹) J'ajoute qu'il faudrait recueillir au bas des pages les variantes de
quelque importance qui peuvent se trouver dans l'édition de 1595, car
il est possible que cette édition ait été revue sur les documents qui
nous manquent aujourd'hui. (Cf. ci-dessus, p. 25, et voy. Œuvres
poétiques de P. de Brach, t. II, p. LXXVII.)

probable, comme je l'ai déjà dit, que l'exemplaire envoyé à Mlle de Gournay portait un certain nombre d'additions de la main de Montaigne, précisément celles que n'a pas l'exemplaire de Bordeaux ; en sorte que ces additions-là ont dû être imprimées sur l'autographe même, et n'ont pas, comme les autres, couru la chance des erreurs de transcription.

Cependant, comme il est très certain que, quelque soin que l'on apporte à établir un texte aussi rapproché que possible de la pensée de Montaigne, on n'obtiendra jamais qu'une perfection relative, très éloignée de celle où se trouveraient les *Essais*, si leur auteur avait pu donner avant sa mort l'édition qu'il méditait ; comme on ne peut pas assurer que tel passage écrit de sa main et inséré par nous n'aurait pas été supprimé, ou modifié, ou remplacé à l'impression, il importe, à mon avis, de distinguer du reste le texte arrêté par lui et livré au public en 1588, en mettant entre crochets tout ce qui provient des additions postérieures (¹), et en conservant en variantes les parties du texte de 1588 qui ont été chassées par les additions manuscrites (²).

(¹) Il convient aussi de distinguer par un signe quelconque les additions qui proviennent de l'exemplaire de Bordeaux de celles tirées exclusivement de l'édition de 1595.

(²) Dans son intéressante *Notice bibliographique* (1837), M. le Dr Payen dit que le futur éditeur de Montaigne devrait « comparer très exactement les éditions primitives des *Essais*, 1580, 1582, 1587, 1588, 1595, 1635 et 1802 ; indiquer les additions, les suppressions, les corrections, et rapprocher ces variantes des changements survenus dans la position de Montaigne. » On comprend combien une édition reproduisant ainsi toutes les fluctuations de la pensée du moraliste aurait de sérieux intérêt ; mais je n'ai point à m'occuper ici des détails de cette édition modèle, qui sera d'une exécution fort difficile. Je m'attache dans ce travail, non pas aux transformations successives et fort curieuses des *Essais* à diverses époques, mais simplement à l'établissement de leur texte définitif, que je crois encore imparfaitement établi, et qu'il faut bien établir avant de songer à ses accessoires. Aussi, les distinctions typographiques que je propose d'y introduire

On me dira peut-être qu'une édition ainsi conçue sera remplie de disparates, puisqu'elle représentera successivement l'orthographe de l'édition de 1588, celle de Montaigne, fort différente de la précédente, et enfin celle de 1595, qui n'est conforme ni à l'une ni à l'autre.

A cela je répondrai : Si l'on trouvait les *Essais* écrits d'un bout à l'autre de la main de Montaigne, hésiterait-on aujourd'hui à reproduire exactement cette copie? Non certainement, on n'hésiterait pas à le faire. Eh bien! au lieu d'avoir tous les *Essais* en autographe, nous en avons environ un tiers. Ce tiers suffit pour nous montrer la manière d'écrire de l'auteur, sa prononciation, les formes de son langage. C'est plus l'homme, car c'est plus son style. Devons-nous courir la chance de perdre, par suite d'un accident, ce document si précieux, qui est, si je puis dire, une image parlante de l'écrivain? Et pourquoi donc substituer aux mots de Montaigne les mots de de Brach, ceux des compositeurs de l'Angelier, ceux de Mᵐᵉ de Gournay, ou, comme on l'a fait enfin, ceux de Naigeon? Tout simplement pour avoir un texte d'orthographe uniforme? Vraiment, la raison est trop futile, et, du moment où l'on ne suit pas l'orthographe même de l'auteur, il serait bien plus logique d'appliquer aux *Essais* l'orthographe de nos jours, que celle de l'édition de 1595, qui s'éloigne au moins autant de l'original.

D'ailleurs, ce qui importe, à mon sens, c'est qu'il soit fait une édition où l'on tire parti de tout ce qu'offre l'exemplaire de Bordeaux (¹), et qui préserve de la destruction cette

---

ont bien moins pour but de faire remarquer les changements survenus dans la pensée de Montaigne, que d'indiquer au premier coup d'œil la source et le degré d'authenticité de chaque passage.

(¹) Y compris, bien entendu, les phrases et additions biffées ou modifiées plus tard. Je dois citer à ce sujet, et citer avec éloge, le curieux et trop rare opuscule de mon savant ami M. Gustave Brunet,

expression parfaitement authentique de la pensée de Montaigne. L'édition de Naigeon, avec son orthographe de fantaisie et beaucoup d'autres défauts, est, à cet égard, tout à fait insuffisante. Qu'une fois le texte établi sur les bases précédemment indiquées, l'on s'efforce, dans une édition populaire, de lui donner plus d'unité et d'harmonie, en étendant à tout l'ouvrage soit l'orthographe des parties manuscrites, soit l'orthographe de 1588, en quelque sorte sanctionnée par l'auteur, et, en réalité, plus simple et plus rapprochée de la nôtre que celle de 1595, rien de mieux; mais il est urgent, ce me semble, de faire d'abord une édition critique fondamentale, fournissant distinctement les trois sources authentiques du texte, les combinant ensemble à l'aide d'une méthode sévère et d'une exécution régulière et exacte. C'est ce que nous voudrions qui fût fait; c'est ce qu'un jour peut-être nous nous efforcerons de faire.

publié en 1844, où se trouvent recueillies et ingénieusement groupées beaucoup de leçons inédites de l'exemplaire de Bordeaux. Voir particulièrement les observations des pages 10, 11 et 12.

www.ingramcontent.com/pod-product-compliance
Lightning Source LLC
Chambersburg PA
CBHW060846180626
46818CB00004B/1613